U0579222

楚尘

文化

Chu Chen

北京楚尘文化传媒有限公司 出品

旅

鼠

中村好文的欢快生活

［日］中村好文◎著

孙 雅甜※译

江苏凤凰文艺出版社
JIANGSU PHOENIX LITERATURE AND
ART PUBLISHING, LTD.

图书在版编目（CIP）数据

旅鼠：中村好文的欢快生活 /（日）中村好文著；
孙雅甜译 . —南京：江苏凤凰文艺出版社，2020.6
ISBN 978-7-5594-4687-9

Ⅰ.①旅… Ⅱ.①中… ②孙… Ⅲ.①游记—作品集
—日本—现代 Ⅳ.① I313.65

中国版本图书馆 CIP 数据核字（2020）第 045535 号

版权局著作权登记号：图字 10-2020-143

KURASHI WO TABISURU by Yoshifumi Nakamura
Copyright © Yoshifumi Nakamura, 2013
Original Japanese edition published by K. K. Bestsellers.
Chinese simplified translation copyright © 2020 Chu Chen Books.
This Simplified Chinese language edition is published by arrangement
with K. K. Bestsellers, Tokyo in care of Tuttle-Mori Agency, Inc., Tokyo
through GW Culture Communication Co., Ltd., Beijing
All rights reserved.

本书仅限中国大陆地区发行销售

旅鼠：中村好文的欢快生活
[日] 中村好文 著　孙雅甜 译

出 版 人　张在健

图书策划　楚尘文化

项目统筹　孙　茜

责任编辑　姜业雨 张 黎

特约编辑　郝志坚

责任印制　刘　巍

出版发行　江苏凤凰文艺出版社
　　　　　南京市中央路 165 号，邮编：210009

网　　址　http://www.jswenyi.com

印　　刷　北京华联印刷有限公司

开　　本　880 毫米 ×1230 毫米 1/32

印　　张　5.75

字　　数　74 千字

版　　次　2020 年 6 月第 1 版 2020 年 6 月第 1 次印刷

书　　号　ISBN 978-7-5594-4687-9

定　　价　48.00 元

江苏凤凰文艺版图书凡印刷、装订错误可随时向承印厂调换

目 录

001

为生活之舟减负

005

丢失行李的教训

009

旅鼠，仓皇逃窜的30年

013

拭去厨房忧愁的用具

017

约翰房间里书架的高度

021

能够应对自然灾害的住宅

025

收据背面歌唱的云雀

029

开往石垣岛的巴士

033

夏天的声音，夏天的味道

037

玻璃皿中的蝉鸣

041

可以泡澡的幸福日子

045

给爱用的椅子更换皮革

049

十字架下烤出的面包

053

办公室午餐的乐趣

057

邮票中的旅人

061
转 瞬 即 逝 的 贵 族 心 情

065
直 径 4 8 毫 米 的 圆 眼 镜

069
北 京 之 行

073
铜 板 里 飘 落 的 雪

077
建 筑 师 的 专 属 福 利 —— 烧 洗 澡 水

081
海 边 的 回 廊

085
急 出 一 头 汗 的 语 文 考 试

089
大 提 琴 家 的 名 字

093
小 屋 里 自 给 自 足 的 独 居 生 活

097
去 和 洗 的 衣 服 约 个 会

101
嚷 嗒 、 撒 咔 、 空 那 、 撒 咔

105
" 啊 呀 呀 ， 一 路 辛 苦 了 ！ "

109
花 甲 之 年 的 纸 坎 肩 儿

113
住 在 村 里

117
椭 圆 形 和 鸡 蛋 形

121

住 在 建 筑 师 的 家 里

125

倾 听 笑 声 的 颜 色

129

欧 蕾 咖 啡 杯

133

住 宿 公 寓 式 酒 店

139

座 右 " 师 "

143

白 色 无 纹 陶 瓷 器

147

读 书 的 场 所

151

P E R C H B E N C H —— 超 越 时 空 的 课 题

155

毁 誉 参 半 的 手

159

N E K O D O R I

163

柚 木 砥 石 台

167

想 要 带 去 旅 行 的 一 本 书

171

后 记

173

出 处 一 览

为 生 活 之 舟 减 负

　　一周以后，我将动身前往意大利。为了这次出行，三天前我就把旅行箱找了出来，放在卧室的一角。真正开始收拾行李大抵总是在即将出发的时候，在此之前的那段时间，我会将旅行箱的盖子一直敞开着，随时想起什么用得着的东西就扔进去，我把这段时期称之为"胡乱投放期"。从护照、机票到衣服、洗漱用品等，陆陆续续都被扔进了箱子。

　　因为我每天都十分忙碌，以前都是出发前一天晚上才临时抱佛脚，开始收拾行李，然后第二天一早慌慌张张地出门。结果，到了旅行目的地，我才发现——"啊，忘了

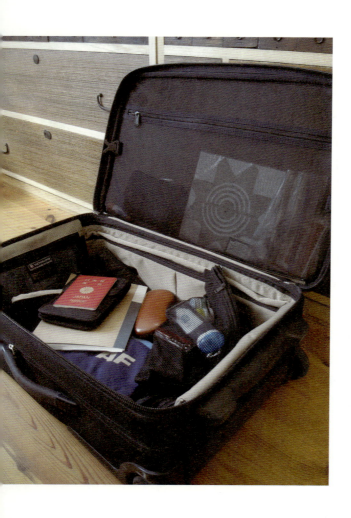

旅 鼠
中 村 好 文 的 欢 快 生 活

带那个！""这个也没带！"在经历过好几次这样的窘态之后，大约从两年前起，我开始尝试缓慢地、持久地收拾行李的方式——"小火慢炖式"。

这种"胡乱投放式"行李收拾法的好处是，很少会忘东西（不能完全杜绝忘东西，这让我很恼火），收拾行李的过程让我对即将开始的旅行有了一个具体的想象，从而做好了旅行的心理准备。简言之，在往旅行箱里扔东西的过程中，心情自然而然地切换到了"旅行模式"。

只是有一点需要注意——一不小心就会装进多余的东西。"先装进去再说""带过去终归会方便些吧"——像是这类东西，一定要在开始阶段就干脆利落地放弃。这是要诀。因为——旅行不需要带那么多没用的东西，我想要让身体和心灵都轻装上阵，以飒爽的身姿，迈着轻松的步伐，踏上旅途。

写到这里，我忽然意识到，旅行箱和行李的关系，很像是住所和家具的关系。

"把那些没用的破烂儿都扔掉吧！只留下必不可少的，为生活之舟减负！"这是英国作家杰罗姆·K.杰罗姆（Jerome K. Jerome）所写的幽默游记《三人同舟》（*Three*

Men in a Boat）中的一段话。这句话虽然创作于一百多年前，但至今都称得上是一句敦促人们思考旅行方式和生活方式的箴言。

丢 失 行 李 的 教 训

　　飞机终于滑入了目的地的机场跑道，狭窄的机内顿时充满了"放松感"。长途旅行的疲惫和拘束感一下子烟消云散，乘客们那紧张了一路的身心终于可以松弛下来了。

　　我也颇喜欢这种"放松感"，全身上下的每一个细胞都沉浸在这种欢快的氛围里。然而，这样的惬意时光也并不能长久。一直在心里记挂的那个东西倏地一下闪过脑海，于是整个人又因为新的紧张感而绷了起来。担心的不是别的，正是行李。不知为何，我在机场托运的行李总是有很大概率不出现在行李传送带上。也就是说，我的行李经常成为"丢失的行李"。

旅 鼠
中 村 好 文 的 欢 快 生 活

几年前，我曾经在巴黎、伦敦和格拉斯哥这三个地方转机前往爱尔兰，当时我的行李完全不知去向。在我抵达目的地好多天以后，我的行李被送到了爱尔兰西部边缘的一个荒凉的村子。忠厚老实的配送员一脸万分抱歉的神情站在我面前，手里提着我的旅行箱，那箱子简直惨不忍睹——到处都是划痕，脏兮兮的，就像一个疲惫不堪的旅人。看到我钟爱的旅行箱变成这副模样，我几乎按捺不住内心的冲动，想立刻冲过去将它抱在怀里。

话说回来——行李丢失之后最初的几天，"这也没有，那也没有"，生活十分不方便。我预感到：看来这次一时半会儿是找不回来了。于是便在偶然经过的、都柏林街上的一家MUJI（无印良品）店里买了小包、换洗衣服和洗漱用品，来做应急之用。

结果，令人惊讶的是，再接下来的几天里，凭借着装在小包里的最低限度的生活必需品，我竟然生活得很好，没有感到任何不便。不仅如此，由于自己不用再为行李而牵肠挂肚，反而比以往任何时候都更能享受轻装旅行的乐趣。

每当我收拾行李时，有关那次旅行的记忆总会被唤醒。虽说如此，我倒也没变成行李极少的人。行李还是普通的量，只是不再害怕丢失行李了。

旅 鼠
中 村 好 文 的 欢 快 生 活

旅鼠，仓皇逃窜的30年

建筑师这种职业，只要有客户来委托设计，不管是哪一个角落，我们都会奔赴过去。所以，毫不夸张地说，我们几乎每天都在路上奔波，几乎每周都会乘坐新干线和飞机。

我曾经用"东奔西走"这个词来形容自己的工作。一次，我的一位挚友对我说，这个词并不贴切。"那该怎么说呢？"我问道。朋友当即回答道："四处逃窜。"

原来如此！

形容得太到位了！

レミング Lemming [学] Lemmus
                              lemmus
哺乳類 齧歯目 キヌゲネズミ科

和名 旅鼠 (たびねずみ)

旅 鼠
中 村 好 文 的 欢 快 生 活

所谓一语中的，就是如此吧。因为这个词太有感觉了，我竟一时间找不出话来反驳，不禁哑然失笑，不得不表示赞同。

　　那么，为什么建筑师会沦落到如此境地？我能想到的原因有两点。

　　第一个原因是显而易见的。只要有客户委托我设计，无论规模大小、预算多寡，我总是不假思索地就接了下来。因为我对每一片陌生土地上的人们的生活、风俗习惯都极感兴趣，当地的食材和料理（尤其是本地清酒）总能打动我的心。我还有一个不为人知的兴趣——我喜欢听当地人用方言说着各种本地特有的故事。所以，我总是忘记接下来很紧张的时间安排，为时间不够用这件事而苦恼，后面又以最快的速度投入到眼前的工作中去了。

　　至于第二个原因，也许是因为我的事务所叫"Lemming House"（レミングハウス）。lemming 翻译过来就是"旅鼠"。当初起这个名字我也只是一时兴起，因为我是属鼠的，由我的生肖联想到了这个名字。不曾想这个名字竟然预言了我日后"四处逃窜"的生活。

　　从命名那天到这个月为止，正好过了 30 年。我并不是想要炫耀什么，不过，自从工作室开设以来，一直维持着稳定的负债经营状态，而我则是每天如旅鼠般仓皇逃窜，疲于奔命……不知不觉已经走了很远。

拭去厨房忧愁的用具

在巴黎友人家中看电视时，我发现了那个小小的厨具。

那是在星期日的上午，午餐前的时段，有一档愉快的美食节目。内容大致是，专业厨师突然跑到普通人家里，和看上去不怎么下厨的主人一起做饭，时不时地鼓励他几句，或是调侃他几句。

我是前一天晚上抵达的巴黎，长途旅行的疲惫再加上倒时差，当时我几乎是半眯着双眼在看这个节目。然而，当电视画面被厨师手里拿的厨具以及他自在灵活使用厨具的手势的特写所占满时，我那双即将闭上的眼睛猛地一下睁开了。

旅 鼠

中 村 好 文 的 欢 快 生 活

那个小厨具其实是一个鱼糕形状的乳白色铲子（若是有读者做过糕点，一定会恍然大悟：啊！是那个啊！），那么厨师是怎样使用这个小铲子的呢？

厨师用一把小型菜刀迅速将蒜瓣切成薄片，又将欧芹和洋葱切碎，然后，右手拿着这把小铲子，同时配合左手，用左手手掌将这些切好的食材依次从案板上"扫进"铲子里——就像清扫灰尘那样，再倒进平底锅或煮锅里。接下来，令人意想不到的事情发生了。厨师将碗里打好的蛋液一股脑儿倒进平底锅之后，又用鱼糕状铲子有弧度的那一边将附着在碗内壁的残余蛋液都刮了下来，一并倒入了锅中。

接下来，厨师又用这个树脂材质的小铲子刮净了案板上的积水。就在那一瞬间，郁积在我胸中的那团乌云似乎也被刮干净了。

所谓乌云，究竟是何物呢？例如，当我将切好的薄薄的冬葱圆片堆成的"小山"移到碗里时，手头上经历的那些麻烦，以及不得不用手巾擦去案板上由于表面张力而残留的少量水分，再将手巾拧干，这一个个费时费力又费心的"小麻烦"。这些渐渐聚集成了那团挥之不去的乌云。而那个小小的铲子，就这样轻而易举地拂去了我长久以来郁积的"厨房的忧愁"。

那天下午，我立刻动身前往有巴黎的"东急手创馆"之称的BHV百货（Le Bazar de Hotel de Ville，巴黎市政厅百货公司），去买那个铲子。

约翰房间里书架的高度

有时候，脑子里会突然闪现这样的念头——那部电影的那个情节是怎样来着？那本书上写的那句话是什么来着？然后这些小小的念头就在心里扎了根，你总会时不时地想起它们。

发生这种事情至少是在人50岁左右的时候，所以这或许是一种衰老的征兆。

几天前，我也发生了一次。这次的疑问跟一部电影有关，是我从学生时代起就看过好几遍的电影《相逢何必曾相识》（*John and Mary*，又译作《约翰与玛丽》）中的房间的镜头。

旅 鼠

中 村 好 文 的 欢 快 生 活

鉴于这部电影是 40 多年前的老电影了，也许有读者并不了解，请允许我在这里简单介绍一下故事情节。电影通过描写一对刚刚相识便共度良宵的年轻男女在第二天的对话、行动和心理活动，讲述了他们的爱情故事。由于故事发生在纽约，无论是故事本身、电影画面，还是情节展开，都极具大都市特色，机智且幽默。这部电影是我最喜爱的电影之一。

　　达斯汀·霍夫曼（Dustin Hoffman）饰演的约翰是一位家具设计师，住在一所老旧公寓顶层的一间两层的、很高的、自己改造的房间里。我第一次看这部电影时，还是建筑系的学生。当时，那所房间的设计、装饰风格和住在里面的人们的生活方式令我十分憧憬，成了我所向往和追求的目标。那之后，我追随着这部电影放映的地点，去过好几家放映经典电影的影院，不知将这部电影看了多少遍，甚至还在漆黑的影院里摸索着画下了那间房子的户型图。

　　书归正传。我在意的是约翰家客厅墙上安装的书架的高度。那个书架的顶部，恰好可以摆放些小物件作为装饰，而且还不会给房间造成压迫感。高度可谓恰到好处。那么，书架的高度究竟是多少厘米来着？我想知道的就是这个。

　　于是，我赶紧从我那微不足道的电影收藏里抽出了一盘老旧的录像带，看了起来。经过确认，书架的高度约 95 厘米，分为两层，每一层都可以收纳大型画册和密纹唱片（Long Playing record，简称 LP）。总算解决了一件心事。可喜可贺。

能 够 应 对 自 然 灾 害 的 住 宅

　　大约 6 年前，因为一个偶然的机会，我买下了一座位于长野县浅间山山麓的山庄，周末就在那里度过。

　　虽说写的是"山庄"，其实只不过是一座面积仅约 46 平方米的一居室建筑。所以，别说是山庄了，就连别墅都称不上。粗糙的杉木木材建成的外墙上，顶着一面单面坡金属质地的屋顶——就是这样一座简朴至极的建筑，怎么看都觉得称其为"小屋"更合适。

　　只不过，这座看似简陋的小屋，其实是一座旨在实现能源自给自足的实验住宅。具体说来，电是依靠风力和太阳能来提供，生活用水是将屋顶上收集的雨水进行过滤后

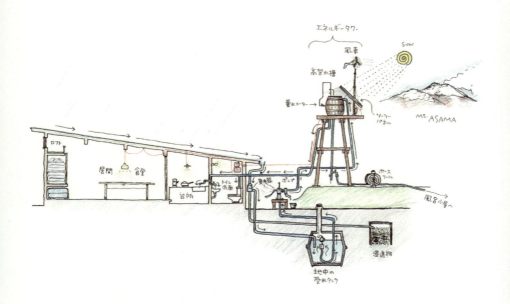

旅 鼠
中 村 好 文 的 欢 快 生 活

使用，做饭用的是以炭火为燃料的陶制炭炉或者厨房炉灶（kitchen stove），洗澡则用的是烧薪柴的五右卫门浴桶[1]，等等。

此前，住宅的文明程度和文化程度，都是用电力、电话、上下水道、燃气等"线路"或"管道"的数量来衡量的。也就是说，人们相信，"线路"和"管道"的数量越多，也就意味着房屋的文明和文化程度越高。于是，我们迫不及待地推进和加速这个进程。然而，泡沫经济破灭后，曾经被认为是"取之不尽、用之不竭"的煤炭、石油等埋藏在地球内部的能源开始枯竭，臭氧层被破坏，温室效应等地球环境问题一下子凸现出来，引起了世人的关注。既然如此，今后或许可以尝试将那些所谓"文明"的生命线一根一根抽出来，探索能够降低环境负荷的住宅类型。这也许将成为建筑师未来的主要课题。也正是基于这样的想法，我花费了 6 年时间，以自己的方式在这座小屋里进行了关于居住和生活方式的实验。

1　五右卫门浴桶，石川五右卫门是日本战国时期的侠盗，他因为偷丰田秀吉收藏的一件名贵茶器"千鸟香炉"时失手被拘捕，被丰臣秀吉处以极其残忍的釜煎之刑。由此缘故，后来的人将用大铁锅烧水洗澡称为"五右卫门风吕"。此处是指形状与用来烹煮五右卫门的大铁锅类似的浴桶。下文提到的"风吕"，根据具体语境，指洗澡、澡盆或浴室。——编者注

2011 年 3 月 11 日，大地震、大海啸，还有核电站事故同时席卷日本，文明的生命线被无情地切断，切成了碎片。经历过这一巨变之后，我再一次痛彻心扉地意识到，是时候该扪心自问，重新思考这个问题了——我们的住宅究竟最需要什么？在思考这个问题时，不仅要从全球的视角进行考量，更要从如何应对随时都有可能发生在你我身边的自然界巨变以及随之而来的灾难这一角度进行考量。

旅鼠
中村好文的欢快生活

收据背面歌唱的云雀

　　我平时的工作是设计房屋和家具。不过，前一阵子，我承接了一家位于京都（京田边）的法式餐厅的设计。

　　这种工作的一大乐趣就是，设计师不仅仅负责设计建筑和家具，还可以为餐厅起名字，挑选刀叉餐具，和平面设计师一起设计餐厅名片和标志，等等。

　　这是一家仅有12张餐桌的家庭餐厅，不过有一点很令我骄傲——我们设计制作了独一无二的"再生纸餐垫"。原本是打算使用餐桌布的，可是由于清洗费用很高，又考虑到清洗桌布时洗涤剂对环境造成的污染，于是，我们最终决定使用纸质餐垫。一说起纸做的餐垫，人们总会不由自

旅 鼠
中 村 好 文 的 欢 快 生 活

主地联想到那种廉价的一次性用品。我便与设计师林里佳子女士悄悄商量："我们一定要把它做成最棒的餐垫！让客人一看就想把它带回家！"于是我们绞尽脑汁地想设计方案，想要制定出一个一鸣惊人的秘密方案。我们找到织染家望月通阳（望月通陽）先生，请他助我们一臂之力。望月先生将 16 世纪法国诗人比埃尔·德·龙沙（Pierre de Ronsard）的诗句用法文以暗纹的形式画在了整张餐垫上。素雅黯淡的米色再生纸上，印着手写的、浅灰色的法文诗句，那是一幅怎样的美丽画面啊！

不仅如此，我们还在餐垫的背面印上了十字分割线，沿着分割线可以将用过的餐垫切割成收据或便笺纸大小，再盖上收据的橡胶戳，这样就可以重复利用了。

于是，当客人将收据翻过来，就会发现背面竟然印着这样的法文诗句："玛丽，快快醒来吧！你这个小懒虫！欢快的云雀早已在天空中唱着最动人的歌曲了！"

"生态餐垫"就这样诞生了。

旅 鼠
中 村 好 文 的 欢 快 生 活

开往石垣岛的巴士

　　我有一个癖好——总是不自觉地观察别人的行为和动作，而且观察得很仔细。尤其在电车和机场这类汇聚了各色人等的地方，我的观察癖就开始蠢蠢欲动了。

　　大约12年前，我参与了西表岛的织染中心的一个项目。要去西表岛的话，需要从羽田机场飞到石垣岛，再从石垣岛坐快速船前往。如今，如果要去往离岛或地方机场，有时候无法从登机口直接登机，而要先去到地面，从那里坐巴士前往要乘坐的飞机处。当时，去石垣岛都是这种方式。今天要说的就是这件事。

　　当时，我正坐在羽田机场二楼的候机室里。从那时候

羽田発石垣行のバス

旅 鼠
中 村 好 文 的 欢 快 生 活

起，我就开始悄悄地观察一位 50 岁上下的女士和一位老婆婆（看上去像是那位女士的母亲）。那位婆婆似乎很是不安，时不时地抬眼看看女儿（姑且当成她女儿吧），嘴里嘟囔着什么，像是被女儿数落了，有些没精打采的。婆婆的样子实在是可爱，我不由得盯着她看了起来。看来这位婆婆应该是第一次坐飞机。

这时候机场广播响了。乘客们开始向一楼地面移动。只见婆婆向女儿问了一句什么，女儿很简短地回了一句，婆婆叹了口气，便跟着女儿出发了。

下楼梯时，两个人走得很慢。我超过了她们，朝着通往巴士乘车处的大门走去。然后，当我推开玻璃门，向停在外面的巴士迈步走去的时候，突然听见紧跟在我身后的老婆婆发出了一声充满惊惧的尖叫——

"欸——？！要坐巴士去吗？"

抬头一看，巴士车窗上显示目的地的牌子上清楚地写着"石垣"两个字。

旅 鼠
中 村 好 文 的 欢 快 生 活

夏天的声音，夏天的味道

千叶县九十九里滨是我出生、长大的地方。这里曾因地拉网捕鱼业而兴盛一时。在大量捕获小鳍的夏天，晚餐的固定菜品是小鳍鱼碎。

所以，一到夏天，我总是会想起做"小鳍鱼碎"时鱼头刀击打在菜板上发出的愉悦的敲击声。黄昏时分，附近人家的厨房里都开始做小鳍鱼碎，从一扇扇打开的窗户里几乎同时传出菜刀和砧板的撞击声。无数种节奏和音色时而同步，时而错开，时而共鸣，编织成一首奏鸣曲，回荡在小城的街道上。那种感觉就像是嘉年华前夕行走在里约热内卢的小巷。

旅 鼠

中 村 好 文 的 欢 快 生 活

一说起"小鲹鱼碎"，大多会联想到一小碟"将切碎的小鲹鱼肉与切碎的紫苏叶、姜末和野姜末拌在一起"做成的料理。不过，我小时候吃的小鲹鱼碎完全是另一种做法。前面我也写道，"街上回荡着鱼头刀敲击砧板的声音"。我们乡下小城做的"小鲹鱼碎"，真的是将鲹鱼和调味料（紫苏、生姜、小葱、辣椒、大蒜等）用鱼头刀不停地敲打，再加上味噌酱，将所有原料混在一起敲打制作而成的。剁着剁着，就变成了黏糊糊的类似"Namerou"（一种将生鱼肉剁成黏稠状的料理）的东西，颜色也变成了灰色甚至米色。由于鱼肉里混杂着细碎的紫苏、辣椒等，于是就变成了"再生纸风格"的鱼肉酱。将剁好的鱼肉酱盛到大盘子里摊平，厚度大约6至8毫米。这时候，九十九里的传统做法是，将鱼酱摊成树叶形状，再用刀印出平行四边形的印痕，以方便大家取用。最后，在"树叶"上浇上大量的醋，直到马上漫过鱼肉酱表面为止。好了，终于完成了。

在吃之前先放入冰箱冷却，然后加入少许酱油，和刚刚蒸好的米饭一起吃……

啊！只是这样写着，就让我口水流一地了……

玻 璃 皿 中 的 蝉 鸣

　　几年前，我每到周末都会去逛台北建国南路高架桥下的玉器市场。

　　玉是翡翠这类美丽石头的统称。在玉器市场上，卖的都是用玉石制作的新旧装饰品和工艺品，店铺鳞次栉比，商品琳琅满目。当时，我想买的是一种名叫玉蝉的工艺品，是将玉石雕刻成了蝉的形状。在中国汉代的王侯贵族之间，曾经盛行一种风俗——人们将玉蝉放入逝者口中，祈祷逝者精神不死，重获新生。因此，玉蝉也是一种丧葬用具（丧玉），亦称作"含蝉"。台北故宫博物院展示了许多玉蝉名品，相信许多人对此并不陌生。

旅 鼠
中 村 好 文 的 欢 快 生 活

我是偶然从飞机上的杂志里看到了相关的文章才知道的。当我看到杂志上玉蝉的照片时，就对它一见钟情了。当时心想，一定要亲眼看一看实物，要拿一个在手里把玩，亲自体验那冰凉顺滑的手感。其实，在我家里有一个蝉形小物件的微型收藏，我很想把玉蝉也添加进去。

最初，我只是想着："哪怕能找到一只玉蝉，我也赚了。"可是一旦走进市场，逐家店铺地物色起来，就发现玉蝉比我想象的多多了，而且是名副其实的"玉石混杂"。最终，我去了好几趟玉市，一共买了5只大小和颜色各异的玉蝉。

我将买来的玉蝉同我家收藏的其他蝉形物件（同样在玉市购买的可随身携带的黄铜笔洗、会发出声响的马口铁蝉形物件、在佛罗伦萨发现的蝉形橄榄油香皂、在法国南部的修道院买到的蝉形胸针、在路边捡到的蝉的尸体）一起放在一只大玻璃皿中，将它们像标本一样装饰了起来。

酷热难耐的夏日，窗外，此起彼伏的蝉鸣交织成恢宏的乐章。这时，你会发现，玻璃皿中也在上演着一场蝉鸣音乐会，其热闹程度不亚于窗外的世界呢。

旅 鼠
中 村 好 文 的 欢 快 生 活

可 以 泡 澡 的 幸 福 日 子

　　去年 8 月，S 夫妇的房子在神户竣工了。在施工过程中，曾经发生过这样一件事。

　　上梁仪式完成后，工程渐入佳境。这时，S 先生的夫人忽然给我打来电话，说："我先生说，他不想要现代式的浴缸，而想要那种玛丽莲·梦露（Marilyn Monroe）用过的、有四个猫爪的、珐琅质地的浴缸……"

　　一般来说，无论客户提出怎样的要求，我都会尽量满足。可是，当我听到这个要求时，的确有些慌张。这座房子本就是建来给 S 夫妇养老用的。想象一下这幅场景吧——80 岁高龄的 S 先生从满是泡泡的浴缸里高高地抬起一条腿，

旅 鼠
中 村 好 文 的 欢 快 生 活

转过脸来朝我微笑……一想到这个画面，我就哑口无言。

好吧，就算这些都能让人接受，可西式的浴缸又浅又长，躺下泡澡时很容易打滑下沉，甚至连头一起沉入水中。我将这个风险转告给 S 夫妇，委婉地拒绝了他们的要求。放下电话后，我忽然想起 S 夫妇建造过多处建筑师设计的住宅，是资深的施工方。而且，夫妇二人对住宅有着独特的品位和特别的感情，既然这是他们迫切的愿望，我难道不应该满足他们吗？下定决心后，我便赶紧上网查找符合要求的浴缸。终于，在带有猫爪形状浴缸腿的珐琅浴缸中，我发现了一种长度较短的、带有靠背的深型浴缸。而且，浴缸的形状类似于藤条编织成的复古婴儿车，颇具魅力。最后，我将这个浴缸空运过来安装好了，浴缸问题总算是解决了。

房子建成之日，照例都会举办庆祝宴会。我为参与建造房屋的匠人们制作了统一的 T 恤，好让大家在这一天穿。T恤上画的正是这个浴缸，还添上了一行字：Happy Bath-Day。

旅 鼠
中 村 好 文 的 欢 快 生 活

给 爱 用 的 椅 子 更 换 皮 革

　　事务所的皮座椅从几年前就已经磨损开裂，越来越干瘪、寒酸。皮革下方的海绵也露了出来，时间一久，海绵风化变硬，用手一碰，竟然像饼干屑一样碎成了渣渣。仔细想来，上一次给椅子更换皮革已经是 15 年前的事了。这 15 年间，除了在外出差的日子，我几乎是天天坐在这张椅子上，所以破成这样倒也在情理之中。

　　我是那种一样东西可以用很久的性格，只要是合自己

旅 鼠
中 村 好 文 的 欢 快 生 活

心意的物品就会一直用下去。掐指一算，罗宾·戴[1]设计的这款椅子，我已经坐了40年了，其间更换过座椅皮，也更换过脚轮。（毕竟从我大学毕业进入设计事务所工作起，就一直用这把椅子）

只是这次的破损情况尤其严重。我仔细查看了座椅和靠背，除了座椅皮开裂之外，海绵层和树脂框架已经被压得黏合在一起了。情况比想象的要糟糕，应该是无法修复了。恐怕这回只能报废了。真遗憾。

然而，就在我想要放弃的时候，奇迹发生了。椅子制作匠人岛野先生恰巧来附近交货，就顺便到我的事务所逛逛。岛野先生是业界有名的匠人，多年来我一直请他制作我设计的椅子和沙发，是一位值得信赖的合作伙伴。

于是我赶紧问他："已经变成这副样子了，您看还能修吗？""中村先生，这把椅子您舍不得扔吧？我尽力试试看吧。"他回答道。当我听到这话时，内心不知有多感激。

1　罗宾·戴（Robin Day，1915—2010），"二战"后英国最具影响力的家具设计师。他1963年设计的聚丙烯椅（Polypropylene Chair）在世界上非常畅销，40多年来，已在全球数十个国家生产、销售2000多万把，现仍在继续生产中。——编者注

两周后，我收到了一把时髦的椅子。座椅和靠背更换了崭新的黑色皮革，就连椅子腿部的金属都被打磨得闪亮。我的椅子已经变得和新品没什么两样了。

十 字 架 下 烤 出 的 面 包

　　很久以前，法国的面包师将面团放入面包窑时，会
在面团上刻上一个十字并进行祈祷。面包师们会虔诚
地祈祷：希望面团在窑里好好发酵膨胀，变成美味的
面包……

　　告诉我这件事的，是一位名叫神幸纪（神幸紀）的面
包师。他在北海道羊蹄山脚下的真狩村经营着一家面包店。
神先生也是一位用柴烧面包窑烤面包的匠人。虽然他不会
在面团上刻十字，不过祈祷面包变得美味的虔诚的心情应
该是一样的。神先生一直想把面包窑所在的工作室建造成
这样一处可以安静祈祷的地方。

旅 鼠
中 村 好 文 的 欢 快 生 活

其实，这些都是 2009 年春天神先生写给我的设计委托信中的内容。可以说，再也没有什么比这样的请求更能撩拨建筑师的心弦，并激起我们的创作欲望了。面包窑中熊熊燃烧的烈火，迅速点燃了建筑师的灵魂。

开始着手设计之后，我首先想到的就是，要把烤制面包的场所设计成可以联想起法国面包师故事的、带有些许神圣氛围的空间，而不仅仅是一座有着便利性能的面包窑。

幸运的是，信中那句"刻上十字虔诚祈祷"再次给了我设计灵感。配有柴烧面包窑的新店铺是在原有的一座旧仓库基础上改建而成的。进行拆解工程时，我们拆下了仓库的大梁，将其交叉组装成十字形，作为支撑面包房屋顶的房梁，重新装在了新店铺里。由于面包工房有两层楼高，当抬头望向屋顶时，可以看到一个巨大的十字架若隐若现地飘浮在透过天窗射进来的柔和的光束之中。

最初，我和神先生都半开玩笑地把这间屋子戏称为"小教堂"。而现在，这个名字似乎已经深入人心了。

办公室午餐的乐趣

在我的事务所的墙上，挂着一块设计简约的、箱子形状的、小小的木质布谷鸟钟。一到正午 12 点，就会有一只小布谷鸟从箱子里走出来，"布谷布谷布谷——"叫个不停。几乎同时，办公室一下子就热闹起来了。所有人都离开了制图板，很快就聚集在我们的会议室兼餐厅——一张大圆桌的周围，然后开始商量："今天吃什么呢？"

自从我开始独立经营设计事务所，就一直保持着大家一起做午餐的习惯。这个习惯已经持续了近 30 年。平时大多是五六个人一起进餐，若是有客人来访，会变成 8 至 10 人的热闹大聚餐。这就是我们的"办公室午餐"。

旅 鼠
中 村 好 文 的 欢 快 生 活

一、办公室午餐实行"合议制"。每天的菜单根据当天的心情和季节，由全体人员商议决定。

二、一共有四种分工——"采购食材""做饭两人""餐后茶点""洗碗收拾"，通过抽签来决定每个人的职务，无论是老板、员工还是兼职人员，一视同仁。（不过，我们的制度也十分灵活。例如，如果有人主动要求做饭，会优先安排他来做饭。如果有人工作临近收尾，特别忙碌，会暂时免除他的职务）

三、为了节省给每人盛饭的时间，我们将饭菜装在大盘子里，每个人挑选自己爱吃的来吃，即所谓的"相扑部屋方式"或是"力士火锅方式"。

经过多次试验，这种做法渐渐固定下来。不仅兼具民主性和合理性，还包含了游戏的要素，因此每个人都很享受分配给自己的职务。虽说这是一种"生活的智慧"所催生的制度，不过，毫无疑问的是，"尽情享受美味的食物"以及"珍惜每一餐"的"吃货精神"也是这一习惯长久保持下来的重要原因。

旅 鼠
中 村 好 文 的 欢 快 生 活

邮 票 中 的 旅 人

　　前几天，我整理了一下积攒了许久的信件。在整理信件时，我不知不觉停下手上的动作，盯着一封信看了起来。准确地说，我是被信封上贴的纪念邮票吸引了。

　　那封信是我的一位朋友寄来的。朋友总是用工工整整的字迹写上地址、姓名，然后贴上一枚让我心痒的、漂亮的纪念邮票。那封信上贴的是一张浮世绘的纪念邮票，画的是一幅艄公立在木筏上的水边风景图，画面的上部绘有合欢树的柔软枝叶和粉红色的可爱花朵。

　　"这幅画好像是歌川广重的……"我心怀疑惑，查了一下，果不其然，是广重的《名所江户百景》中的《绫濑川

旅　鼠
中 村 好 文 的 欢 快 生 活

钟渊》(綾瀬川鐘か淵)。"钟渊"这个地名，是池波正太郎所写的历史小说《剑客生涯》(剣客商壳)的主人公秋山小兵卫住过的地方。我也很熟悉这个地方，而且一直对这个地方很好奇。于是，我便拿出了放大镜——那种放大倍数很高的圆筒形放大镜，仔细看了起来。结果，这次我又被合欢树吸引了。

我出生、长大于千叶县九十九里滨的一间茅茸屋顶的普通民居。屋子虽然很简陋，不过南面和西面有一道 L 形的回廊，那里惬意舒适，是一个可以放松身心的好去处。我尤其喜欢西侧的回廊。因为那里有一株巨大的合欢树，庞大的树荫形成一个圆顶，将回廊四周笼罩在一片绿色之下。

也就是说，由于合欢树是我小时候最熟悉的树木，所以看到邮票上的合欢树，不知不觉间就看入了迷。

在放大镜中，那些久违的感觉，仿佛穿越时空复苏了。我摸到了合欢花那凉凉的、如绒毛般的花蕊，闻到了清甜的花香，体会到了细小的复叶放在手掌心时痒痒的感觉，还有——日暮时，小叶片羞涩地合上之后，心中生发出的那一丝落寞。

那一刻，我变成了穿梭于长 3 厘米、宽 2 厘米的小小邮票中的幸福的时空旅人。

旅 鼠
中 村 好 文 的 欢 快 生 活

转瞬即逝的贵族心情

　　宾馆不仅是旅人安心睡觉的地方，还是可以毫无顾虑地泡澡、毫无顾忌地上厕所的地方。这是一个再明显不过的事实了。然而，我却是活了35年之后才悟出这个道理。

　　年轻时，我去海外旅行都是穷游，住廉价的旅馆，每天去很多地方。可我好歹也是个建筑师，所以也有必要时不时地咬咬牙去住那种有历史、有格调的传统旅馆，或是干净、整洁、舒适的宾馆，毕竟这些都能够成为我的"经验值"。大概就是从我"修正"了选择旅馆的方针时候起吧，我渐渐悟出了上面的道理。

　　宾馆对客人无微不至的"款待"（待客之道），尤其体

旅 鼠
中 村 好 文 的 欢 快 生 活

现在床铺和浴室、卫生间等洗漱空间的细节上。在这些地方，人是接近于全裸的，抑或是全裸的，可以说是卸下了身心的所有防备。因此，宾馆在这些地方倾尽全力为客人营造的"安全"感和"舒适"感，会极其打动客人的心，令客人的身体和心灵都得到彻底的放松和慰藉。

　　我曾经在马德里（Madrid）住过一家和自己身份很不相称的豪华酒店。那家酒店的卫浴条件简直完美到无话可说——大大的纯白色浴巾一尘不染，装棉棒的小瓶是古董风格的，一切都是奢侈而优雅的。我沉浸在王侯贵族般的心情里，在珐琅质的复古浴缸里放满了热水，走进去，找了个舒服的姿势惬意地躺了下来。与此同时，眼角的余光不经意地扫视了一下周围，突然发现洗脸台的背面简直惨不忍睹！那敷衍了事的做工啊！也许是因为我从事建筑这个行业，"职业病"的关系，平时就很容易发现这种施工上的漏洞，而一旦发现就会坐立不安。"得赶紧把工人叫过来重新做一遍……"我的内心顿时焦虑起来。结果，转眼之间，我就从"王侯贵族"变成了"工地监工"！

旅 鼠
中 村 好 文 的 欢 快 生 活

直 径 4 8 毫 米 的 圆 眼 镜

我从小视力就很好，所以直到 45 岁之前都没戴过框架眼镜或隐形眼镜。

然而，年龄是不会骗人的。从某个时候起，我的视力开始迅速衰弱，到 48 岁时，老花镜竟然成了我随身携带的必需品。

这时候我才愕然意识到，"衰老"这个东西竟然也在不知不觉间降临到我身上了。不过，因为我骨子里是个乐天派，恢复得也很快，瞬间就将心情切换了过来——"既然如此，今后就好好享受自己的眼镜人生吧！"

其实，我年轻时喜欢过的画家、小说家、音乐家和

旅 鼠
中 村 好 文 的 欢 快 生 活

建筑师，都是很适合戴圆形眼镜的人。所以我对圆形眼镜（准确地说是正圆形眼镜）一直很向往，曾经在心中暗暗决定：等到快要变成老视眼时（看，是不是很乐观？），一定要配一副圆形眼镜。

15 年前，我生平第一次为自己挑选眼镜，没想到"幸运女神"再次降临，我竟然遇到了自己向往已久的理想眼镜框。

这副眼镜的镜架是将钛金属质地的高强钢丝弯成 U 形，再将塑料镜片直接嵌入而制成的。可以说，这是一款极简风格的眼镜。乍一看去，眼镜本身很像是一件简简单单的金属工艺品，不过再仔细一看，就会发现铰链部分是直接将镜架扭成了螺旋状，省去了小螺丝。这种集合理性和功能性于一体的创意极大地撩拨了我这个建筑师的心。

更令人开心的是，由于镜片不需要边框固定，因此镜片的形状和大小可以自由调节。于是，那一年，我便让人做了一副直径 48 毫米的圆形眼镜，如此一来，只要测量一下镜片直径，就会知道自己是在多大年纪变成老视眼的。

唯独有一件事非常遗憾：镜片的直径最大只能到 60 毫米。如今我已经超过了 60 岁，再也不能戴直径和自己年龄数值相同的眼镜了。

旅 鼠
中 村 好 文 的 欢 快 生 活

北 京 之 行

　　几天前，我来到了北京。

　　我是第一次来北京，所以就先去看了因为北京奥运会而备受关注的鸟巢，以及传统建筑"天坛"这类主要观光景点。不过，也许是因为平时在图片和电视上见得多了，真正见到实物以后反倒没什么感觉了。

　　动身来北京之前，一位十分了解北京的朋友建议我："一定要去逛一逛胡同。"于是，参观完著名景点之后，我就去逛胡同了。据说胡同的本意是"细长的小巷"，不过现在似乎成了传统民居的代名词。之前曾听说奥运会过后，胡同会迅速消失，可到这里一看才知道，哪有这回事！有

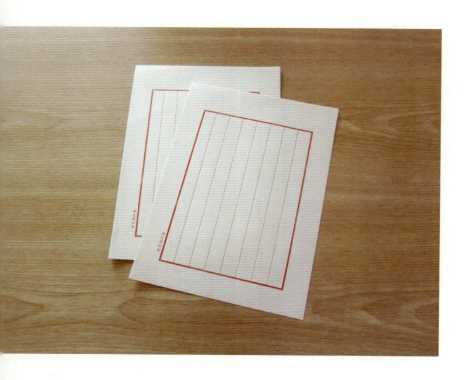

旅 鼠

中 村 好 文 的 欢 快 生 活

的宽一些的胡同，道路两侧全是特产商店，无数游客和年轻人穿梭在街道上，载有观光客的人力车则在熙熙攘攘的人群中见缝插针地穿行。不过，真是不可思议啊！如果从这喧哗的街道上稍微一拐，走到旁边的小巷里，世界顿时就清净了，仿佛一下子闯入了一片静谧的异度空间。胡同深处的小院儿里晾着洗好的衣服。那些衣服就那么理所当然地、静静地晒着太阳，仿佛很久很久以前就在那里了。

今天最大的收获就是去逛了文房古玩街"琉璃厂"。在这条长约 300 米的街道两侧，密密麻麻地排列着售卖笔、墨、纸、砚、印章、书籍等书法用品的店铺，场面相当壮观。那里有大大小小数不清的顶级的毛笔，即便是我这种对书法并不精通的外行也能一眼看出那些毛笔的价值。还有各式各样的上等砚台，令人情不自禁地想要摸上一摸。有的店铺里则堆满了要一个人甚至两个人才能环抱过来的、如小山般高高耸立的一摞摞宣纸（书法用纸），足以让我瞠目结舌。

我特别想买毛笔和砚台，可是一想到自己那歪七扭八如乱撒的铁钉般难看的字迹，最终还是放弃了这个念头。不过我还是在有着 300 年历史的老字号"荣宝斋"买了精美的木板印刷红格宣纸信笺。

旅 鼠
中 村 好 文 的 欢 快 生 活

铜 板 里 飘 落 的 雪

　　少年时代，我常常听人们说到"科学精神"这个词。

　　那时，我是月刊《少儿科学》（子供の科学）的忠实读者。因此，对我而言，科学的确是近在咫尺的事物。

　　说起"科学"，我最先想到的就是中学语文课本上中谷宇吉郎的那篇随笔《造雪的故事》（雪を作る話）。当时，我正梦想着成为一名科学家，对文章里写的在零下几十度的低温实验室中造雪（准确地说是造出雪花的结晶）这种事情十分期待。

　　当时教我们的是户田霜（戸田シモ）老师。现在回想起来，户田老师教授的《造雪的故事》仍然称得上是非常

精彩的一节课。把课堂称作"名剧目"可能有些奇怪,不过,对于一位有着丰富自然科学知识的女老师——而且是语文老师来说,像《造雪的故事》这样的课文简直就是"拿手戏"。老师通过文章的描述还原了实验的场景,还在黑板上写出了详细的图解,告诉我们"这样做会失败,那样做会成功"。板书中有一张图,画的是冷却的铜板里降下了纷纷扬扬的粉末状的细雪。当我看到那个超现实主义的画面时,感动得起了一身鸡皮疙瘩。

那堂令人难忘的语文课之后,又过了十二三年,因为一个偶然的幸运机会,我买到了 1940 年出版的中谷宇吉郎的第二册随笔集《续冬之华》(續冬の華)。书的装帧设计相当时髦——书脊上印着一方邮票大小的橙色方块,色块里写着作者名和书名,是白色的文字。顺便提一下,语文课本上的《造雪的故事》并没有收录在这本随笔集里,而是收录在了中谷宇吉郎的第一本随笔集《冬之华》(冬の華)里——这本也是我走遍了旧书店淘来的。

虽然我现在成了一个建筑师,并没有成为科学家,但是 40 年前买的这两本随笔集至今都是我爱不释手的读物。

旅 鼠
中 村 好 文 的 欢 快 生 活

　　我的摄影师朋友雨宫夫妇的住宅完工了。说是"住宅",但是从房屋散发出的"恭谨"的气质来看,其实更像是"小屋"。

　　雨宫夫妇是那种"很知足"的人,平素就过着简朴的生活。他们总是能用极少的用具过着相当富足的生活,这一点每每都令我瞠目结舌。既然两人的风格如此,对新居的要求自然也十分简单。由于他们将建筑成本控制得很低,所以夫妇二人应该是商量好了,把自己的各种要求和欲望都压了下去。不过,他们仍然有一个十分恳切的请求。那就是"一定要把浴室设计成烧柴加热的五右卫门风

旅 鼠
中 村 好 文 的 欢 快 生 活

吕"。雨宫先生从小就喜欢烧洗澡水，甚至放言说："等新家建成了，我要每天烧着洗澡水度过余生。"（明明正值壮年好不好！）

　　既然是客户的强烈意愿，我也横下一条心，打算"好人做到底，送佛送到西"，就算剥一层皮（既然是泡澡，就算不脱一层皮也是要脱衣服的），也要在有限的预算范围内帮他们实现这个愿望。实际上，我在浅间山山脚下有一座小屋，那里装的也是五右卫门风吕。只不过那里的风吕用的是石川五右卫门受烹刑时用的"直接用火加热"的方式，热效率并不好。真正的五右卫门风吕采用的是"筑炉"式的加热方式，会砌起一座有着长长烟道的炉灶，用最少的柴火来达到加热的效果。我一直想要建造一座真正的五右卫门风吕，所以雨宫夫妇的要求可谓正中我的下怀。与此同时，在"幸运女神"的眷顾下，我找到了一位技艺高超的筑炉匠人。于是，去年秋天，这座小屋竣工了。

　　前一阵子，我去雨宫夫妇家为五右卫门风吕点火，顺便泡了个澡。泡在浴缸里，感觉浑身上下由内而外都暖融融的，尽情地享受了一把建筑师的专属福利。

旅 鼠

中 村 好 文 的 欢 快 生 活

海 边 的 回 廊

　　神奈川县大矶町有一片美丽的沙滩。沙滩的名字也很美，叫作"小淘绫海滩"。

　　也许是在海边渔村长大的缘故，我很喜欢眺望大海，喜欢在清晨和傍晚的海边散步。大约 15 年前，我第一次造访这片海滩时，看着眼前辽阔而宁静的大海，就仿佛置身于母亲温柔的怀抱一般。无独有偶，在一个绝妙的时机，住在这座小城的一位朋友将他的公寓转让给了我。表面上，我买下这座公寓是为了在一整年如陀螺般转个不停的忙碌生活的间隙有一个能够专注于设计和写作的场所。其实，

旅 鼠
中 村 好 文 的 欢 快 生 活

真正的原因却是这片美丽的海滩，我只是想在这座有着美丽沙滩的海边小城生活。（哪怕只是周末来住住也好）

我从日常的忙乱中挣扎着逃脱出来，来到这座海边小城。每天清晨和傍晚，我都会背上"沙滩专用"的休闲提包，前往沙滩。包里装着我设计的野餐用的木制折叠小矮桌、可拆装的小椅子、遮阳帽和墨镜。若是早晨，还会放入用保温杯盛好的牛奶咖啡和面包。若是傍晚，则会根据季节和当天的心情扔进去一瓶酒，有时候是啤酒，有时候是日本酒，有时候甚至会带上香槟或冰镇的雪利酒，然后高高兴兴地出门。

大约步行 15 分钟就能抵达目的地了。这片海滩上有一处被我称为"海边回廊"的独家珍藏景点。沙滩前有一处四米高的高地，高地上有一片细长的草地。就是这里了——背后是低矮的松林，阳光透过枝叶倾洒下来，正南方则是一望无际的相模湾，真是一处再惬意不过的场所了。今年一月的三天小长假，接连三天都是难得的好天气，我在这里久久地眺望着新春里闪着金色阳光的大海，度过了一段美妙的时光。

旅 鼠
中 村 好 文 的 欢 快 生 活

急 出 一 头 汗 的 语 文 考 试

　　就在前几天，我突然接到了一位陌生男士的电话："我
们在中学入学考试的试卷中选用了中村先生的随笔。"我惊
讶不已——这是吹的什么风？竟然选中了我的文章？我还
正在纳闷，就听见传真机"吱吱、吱吱"地震动起来，说
话间试题就传了过来。我拿过试卷一看，嚯！这可不是普
通的中学，而是神户一所以高升学率而著称的名校。于是
我便怀着紧张的心情定睛一看——可不得了！这不就是
《旅鼠：中村好文的欢快生活》(暮らしを旅する)里的一
篇文章！

　　问题一共有五个。"好！那就趁这个机会来个速战速

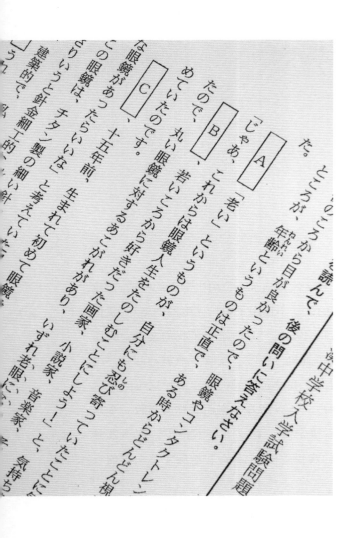

……を読んで、後の問いに答えなさい。

ところが、年齢というものは正直で、ある時からどんどん視

……のところから目が良かったので、眼鏡やコンタクトレン

た。

[A]

「じゃあ、「老い」というものは

めていたのです。

「これからは眼鏡人生だ」

[B]

たので、丸い眼鏡に対するあこがれ

若いころから好きだったのし

な眼鏡に対するあこがれがあり

[C]

この眼鏡があったらしい

の眼鏡は、……という画家、小説家、音楽家

十五年前、生まれて初めて眼鏡

なりより、チタン製……「いずれ老眼に」と、気持ち

という……針金細工的な細い

建築的……

决吧！"我满怀信心地开始解题了。结果却发现，这些问题都很难回答，非但无法"速战速决"，有些问题甚至需要我抱起双臂，盯着天花板思考很长时间。尤其是"问题二"——"为什么说作者是个乐观的人呢？"我这个本该乐观的人面对这道题目时，完全不知道该如何作答，到最后竟然急出了一头汗。最终，直到我放下笔，也没能答出这道题。而此时，一个恶作剧的念头忽然掠过我的脑海："干脆趁这个机会让员工们也来答题！"于是，我赶紧复印了试卷，神神秘秘地宣布："大家安静一下！现在我要检验一下大家的语文能力。这是一份中学入学考试的试题，请大家不要轻敌，认真对待！"说完，就给五位员工每人发了一张试卷。

　　最后，来说一下员工们的成绩。因为有"问题二"在，所以没有人得满分，大体都在 65 分到 80 分之间，可以说是半斤八两。这下我算明白了——包括老板我在内的公司所有员工，看样子都考不上那所著名的中学。

旅 鼠

中 村 好 文 的 欢 快 生 活

大 提 琴 家 的 名 字

　　我的一位爱好文字游戏的朋友时不时地会给我打电话，我们聊的内容总是很有趣。"有一个韩国人，他很爱读书，那么他的名字叫什么呢？"大体是这种脑筋急转弯之类的猜谜游戏。每当朋友从喜欢这类文字游戏的同好者那里收集到了新段子，或是自己想出了新的谜面，就会迫不及待地打电话告诉我。

　　"又来了。"我心想。于是赶紧开动脑筋想答案。朋友总是迫不及待地想要告诉我答案，所以总会在我说"投降"之前就得意地向我公布答案。这道题的答案是"Chou Yongderu"（日语意思是"超爱读"）。听到这个答案时，

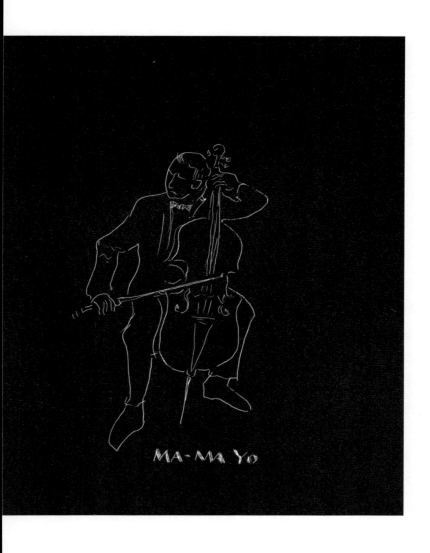

旅 鼠
中 村 好 文 的 欢 快 生 活

我抱着电话差点笑疯了。除此之外，还有许多类似的题目，像是"有一个身材微胖的克罗地亚姑娘，她叫什么名字？""俄罗斯的耳鼻喉科大夫叫什么名字？"等等，这些题目都很搞笑，可实在是太无聊了，就不在这里介绍了。

两个人就这样抱着电话狂笑了一通。放下电话后，我再次开动脑筋，自己想了一个谜题（没什么好隐瞒的，其实我也是一个"同好者"）。题目是"称不上著名演奏家的大提琴家是谁？"各位读者朋友，你们猜出来了吗？时间到！答案是"马友友"[1]。

其实，不仅仅是人名，各种外语都可以用来创作这种段子。以前我就很擅长用外语来编，而且其中不乏杰作。比如，用到韩语的段子："三明治用韩语怎么说？""能够咔嚓咔嚓地剪韩国烤肉的剪刀叫什么？"三明治的答案是"Pan ni ham hasamu da"（日语意思是"面包里夹火腿"），剪刀的答案是"Chong gireru hasami da"（日语意思是"超级好用的剪子"）。

对了，日语的四字成语当中，有些词的发音听起来很

1　马友友的发音"Yo-Yo Ma"和日语的"まあまあよ"结构相似，意思是"还行，凑合吧"。——译者注（以下无特殊说明，均为译者注）

像法语。比如"三寒四温"（中文是"三寒四暖"）。发这个音的时候有一个诀窍，那就是在词的前面加一个法语定冠词"Le"，然后再充分利用法语中的鼻化元音，故意模仿法式发音，即"Le Sankanshion"。

怎么样，听起来很像法语吧？

小 屋 里 自 给 自 足 的 独 居 生 活

　　20世纪的建筑巨匠勒·柯布西耶（Le Corbusier）曾经在靠近意大利边境的法国南部的罗科布吕讷马丁角（Roquebrune-Cap-Martin）为自己建造了一座小小的别墅。大学时代，当我在柯布西耶作品集中邂逅这件可爱的作品时，高高在上的柯布西耶仿佛一下子坐到了我的身旁，我对他顿时充满了亲切感。

　　与其把这座简单朴素的建筑物称为别墅，倒不如叫作"小屋"更加合适。柯布西耶本人也管它叫"休闲小屋"。小屋是个正方形，面积是12.96平方米（3.6米×3.6米）。用日本的说法就是8张榻榻米的大小。除此之外，在玄关

旅 鼠
中 村 好 文 的 欢 快 生 活

处只有一道长条形的门厅，没有厨房，也没有浴室。前面我曾用"简朴"这个词来形容这间小屋，其实更准确的形容词应该是"简约"，甚至"简陋"。我是个狂热的"小屋爱好者"。在这间小屋里，近似于茶室的紧张感与动物巢穴般的舒适感同时并存。我曾多次造访蓝色海岸的一角，只为一睹小屋的风采。

说起小屋，其实我现在正在设计一间小屋。那是一间能源自给自足的、仅供一个人生活的小屋。纵观古今中外，像是《瓦尔登湖》(*Walden*)的作者亨利·戴维·梭罗(Henry David Thoreau)在瓦尔登湖畔建造的小屋，高村光太郎 60 岁之后生活过 7 年的岩手县太田村的小屋，猪谷六合雄用大众汽车改装而成的房车，再往前追溯的话，我能想到的是创作了《方丈记》(方丈記)的鸭长明(鴨長明)所居住的方丈草庵。我总觉得，这类"一个人居住的、自给自足的小屋"对于人类思考居所之于自身究竟意味着什么，具有重要的启示意义。而且，"Sumai"(住所的意思)这个词里包含了"Su"(巢穴的意思)的发音，在我看来，这一点也暗示了其意义。

目前，我正在设计的那座自给自足的独居小屋，预计将于 2004 年 4 月完工。

旅 鼠
中 村 好 文 的 欢 快 生 活

2010 年 11 月，我去威尼斯参观了"威尼斯国际建筑双年展"。这次双年展的艺术总监是妹岛和世（妹島和世），再加上年轻建筑师石上纯也（石上純也）也获得了金狮奖，因此，这次双年展在日本国内也备受关注。可以说，这是非常值得一看的展览，的确不负盛名。

从展览会场回宾馆的路上，我意外地邂逅了另一处"值得一看"的风景。这一时期的威尼斯由于受到被称为"Acqua Alta"[1]的风暴潮的影响，街道和广场都会被水淹没。

---

1 Acqua Alta，是用于描述亚得里亚海北部周期性出现的异常潮峰的术语。也指"高水位"的涨潮现象。

旅 鼠

中 村 好 文 的 欢 快 生 活

那天很不巧，正赶上海水涨潮，我被已经涌到路面上的海水追赶着，不由得加快了脚步，无意间抬头一看，发现街道上方、道路两侧之间拉着许多晾衣绳，一排又一排的绳子上高高低低地挂满了洗好的衣服，一直延伸至道路尽头。这样美丽的风景着实抚慰人心。这时我才发现，那一带的小径上空全都挂满了晾晒的衣服，就像悬挂在军舰上的旗子，尽情地沐浴着三月温暖的阳光，在空中快乐地摇曳着。

说出来不怕大家笑话。每当看到洗好的衣服干干净净地晾在外面，我的心中都会涌起一股暖流，感动不已："啊！这里的居民都是认真生活的人呢，他们值得尊敬和热爱！"

那天看到的风景，时不时地会在我心中浮现，一次次地唤醒我对威尼斯的爱慕。终于，2011 年 5 月时，我获得了一次去威尼斯出差的机会，真是"念念不忘，必有回响"啊！抵达威尼斯之后，我放下行李就出门了。是的，我要去和那条街上晾晒的衣服"约会"，早已迫不及待。我抵达目标街区之后，抬头望去，只见几百件衣服在初夏的晴空里肆意翻滚着。我尽情地欣赏着眼前美丽的风景，将它深深地刻在了脑海里。

旅 鼠
中 村 好 文 的 欢 快 生 活

曩嗒、撒咔、空那、撒咔

1955年10月，我牵着母亲的手，从新桥站坐上了开往大阪的夜班火车。

母亲和我都费尽心思打扮了一番。可是，那个时候，东京的街道上还弥漫着浓浓的战败氛围，所以我们的衣着服饰自然也十分简陋。那时，我上小学一年级，胸前还缝着写有自己名字的牌子。母亲掩饰不住对即将开启的这段长途旅行的担忧，而我——由于是第一次见到如此巨大的蒸汽机车，还有站台上熙熙攘攘的人群，这些都令我倍感新鲜、目不暇接，不由得四处张望起来。

没过多久，火车的门打开了，母亲和我被争前恐后、

旅 鼠
中 村 好 文 的 欢 快 生 活

一拥而上的人群推搡着、拥挤着，就这样随着人流涌进了二等车厢。虽然我们在站台上排队等了很久，可座位还是转眼间就被人抢光了。母亲拿出事先准备好的报纸铺在过道上，然后在报纸上铺了包袱皮让我坐下，她自己也在我身旁坐了下来。当时的夜班火车上，没有座位的人在过道上铺报纸坐似乎是惯常做法。在火车出发前，过道上坐满了"报纸座"的旅客，几乎没有落脚之处。

随着汽笛声响起，火车"咣当咣当"地动了起来。当那个响声逐渐变得规律起来时，一位坐在靠窗座位的中年男人对我说道：

"小朋友，过道上坐着很累吧？来叔叔这里坐吧！"

说着，中年男人挪了挪身子，在靠窗的一侧腾出了一小块地方，刚好能容我坐下。他的这个动作也惊动了坐在旁边的老人，老人家也一并挪了挪身子，于是，窗边有了一块对我而言足够宽敞的空间。我刚刚坐下，男人就对我说了这样一番话：

"小朋友，你仔细听火车的声音！它在说什么？"

我自然不知道该如何回答，便一脸茫然地抬起头看着男人的脸。"那我来告诉你吧。"接下来，男人便将那句咒语似的句子说了出来。

"火车边走边说：嚷嗒、撒咔、空那、撒咔、嚷嗒、撒咔、空那、撒咔、嚷嗒、撒咔、空那、撒咔（日语的意思是，咦？有上坡，这样的坡啊）……火车这样一边念着一边走的话，走到哪里都不会累呢。"

我竖起耳朵，确认了一下火车的声音，果然是这个咒语！我顿时高兴得不得了，就像得到了一个新玩具。然后，自己也小声地念起那个咒语来。

"嚷嗒、撒咔、空那、撒咔、嚷嗒、撒咔、空那、撒咔……"

念着念着，咒语逐渐和火车的振动重合了，一遍一遍地在耳蜗深处回响，再也停不下来。

嚷嗒、撒咔、空那、撒咔、嚷嗒、撒咔、空那、撒咔、嚷嗒、撒咔、空那、撒咔、嚷嗒、撒咔、空那、撒咔……就这样，火车载着我们撕开层层夜色，一路朝着母亲的娘家大阪奔驰而去。

成为建筑师之后，我频繁地乘坐新干线和地方铁路穿行于日本各地的建筑工地。有时候，当我乘坐当地的普通列车时，耳朵里似乎仍然能听到"嚷嗒、撒咔、空那、撒咔……"的声音。

"啊呀呀，一路辛苦了！"

　　十几年前的夏至前后，我造访了阿尔瓦尔·阿尔托（Hugo Alvar Henrik Aalto）的"夏季别墅"（科耶塔罗）。之所以选在夏至时去，并不是偶然，我是想在参观阿尔托建筑的同时，也体验一下芬兰的极昼。

　　"夏季别墅"位于芬兰中部城市于韦斯屈莱（Jyväskylä）的近郊。我乘坐晚上 10 点 30 分从赫尔辛基出发的特快列车，在极昼中飞驰着，驶向目的地。我眺望着车窗外的景色，惊叹于极昼光线那美丽细腻的层次，几乎是水平照入针叶树林的阳光在地面上拉出树木长长的影子，还有那令人想起太古时代的寂静的湖水，眼前的一切都令我痴迷。

旅 鼠
中 村 好 文 的 欢 快 生 活

坐在火车上，我感觉阿尔托和他的作品仿佛从图片集中走了出来，坐在了我身旁的座位上。我记起了曾在照片上看过的晚年阿尔托如农夫般沧桑的样貌，甚至连他那厚实的手掌的纹路都历历在目。就在我看风景看得入迷的过程中，原本距离我很遥远的建筑师一下子变得近在咫尺了。

第二天，我来到了"夏季别墅"，这种感觉更加强烈了。

当我穿过嵌在厚厚砖墙上的大门，走进院子时，我仿佛感到阿尔托用他那双厚实柔软的大手紧紧地抓住我的肩膀，用他那低沉沙哑的声音对我说："啊呀呀，一路辛苦了！"

旅 鼠
中 村 好 文 的 欢 快 生 活

花 甲 之 年 的 纸 坎 肩 儿

　　我属鼠，所以今年（2009年）正好60岁，到了花甲之年。

　　在日本，花甲之年照例要穿红坎肩儿。不过，最近穿坎肩儿的人少了，倒是衍生出了"花甲之年要穿红色"的说法，所以人们往往会赠送60岁的人大红色的开衫或是围巾，让他们穿戴起来。

　　其实，我之前就一直在想："有没有什么办法能让红坎肩儿变得更时髦些呢？"恰巧就在这时，我的一位朋友，平面设计师山口信博先生在我的一众朋友中首先迎来了花甲之年。我肯定不能送他一件普普通通的红坎肩啊，冥思苦想了一阵子，忽然灵光一现——就送一件能折叠的"纸

旅鼠
中村好文的欢快生活

做的红坎肩儿"吧！山口先生是"折纸设计研究所"的负责人，致力于将传统的"折纸"手法应用于现代生活中，所以我的这个想法纯粹是"班门弄斧"。

所谓"趁热打铁"，我赶紧拜托折纸设计研究所的西村优子女士进行设计和制作，还对她千叮咛万嘱咐："一定要对山口先生保守秘密！"设计加制作前后只花了两周的时间，真是名副其实的"临时抱佛脚"。

不过呢，多亏了西村女士的别具匠心，折纸风格的"纸坎肩儿"还附带了一顶乌帽，简直堪称完美。

将美浓产的手工抄制的和纸做成皱纹纸，再用颜料染成喜庆的红色——庆祝花甲之年的一件珍贵礼物就这样诞生了。

旅 鼠
中 村 好 文 的 欢 快 生 活

住 在 村 里

　　位于巴厘岛乌布德（Ubud）[1]的"安缦达瑞"（AMANDARI）
酒店，一直被当作豪奢、优雅的新型度假酒店的成功范例而广
为人知。

　　如果你亲自去酒店住上一回，就会发现这家酒店有一
种魔力，能够让你"来了还想再来"。简单说来就是，会
上瘾。

　　酒店所在的乌布德拥有古老的寺院和遗迹，可以说是
古典艺能和艺术等传统文化的圣地。而安缦达瑞可以说是

1　乌布德，作为艺术和文化中心的一个村镇，已发展出大型的旅游业。

旅鼠
中村好文的欢快生活

毫不保留地展示了对乌布德的敬爱之意，对这片土地上的守护精灵（genius loci）的敬畏之心不仅体现在酒店设计的方方面面，更是渗透到了每一位酒店员工的言行举止当中。酒店创立20多年来，这一基本精神从未改变，绵延传承至今。我认为，这就是安缦达瑞获得成功的决定性因素。

酒店位于阿云河谷和乌布德之间，与周围的自然景观巧妙地融为一体。安缦达瑞的客房都是独立的小屋式建筑，这些小屋的布局完全是按照村落来布置的，宛如河谷间又出现了一片优雅可爱的村落。

一说起安缦达瑞，人们往往会将注意力集中在奢华的客房布置，溪谷及对岸梯田的田园风景，以及无微不至的酒店服务，等等。不过除此之外，我更热爱在村子里的小径上散步，因为村里的路线经过了巧妙的规划，绝妙的风景会接连不断在眼前展开。还有，那每一处都能体现出独具匠心的村子的美丽身影，总能令人生出无限爱怜之心。这是只有"住在村里"才能感受到的独一无二的喜悦。

旅 鼠
中 村 好 文 的 欢 快 生 活

椭 圆 形 和 鸡 蛋 形

　　不知从何时起，在海边一边散步一边捡石头成了我的
一个小小乐趣。在国外旅行时，如果去的地方是海边的城
镇，我都会在早晨或傍晚时分去海滩散步，非常认真地捡
石头。

　　十几年前，我曾和木工朋友、设计师朋友和建筑师朋
友一起去法国南部旅行。当时，我们曾在芒通（Menton）
海岸花了一个多小时的时间捡石头。每个人都捡来了自己
喜欢的石头。最有趣的是，看着那些形色各异的石头，你
会发现：即便是一块小石子，也能鲜明地反映出每个人的
爱好和品味。

旅 鼠
中 村 好 文 的 欢 快 生 活

一位朋友喜欢那种形态扭曲的石头，他捡来的石头总让人联想起亨利·摩尔（Henry Spencer Moore）的雕塑。还有朋友专门挑那种表面有像肚脐眼似的凹陷的石头。另一位朋友则喜欢那种表面有类似丝线缠绕纹样的大号石头。捡完石头之后，我们会召开品评会，大家会将各自拾到的"掌中玉"拿出来炫耀一番。就是在这个时候，我突然意识到自己喜欢的形状是椭圆形和鸡蛋形。也许这么说有些夸张——不过，那一刻我真的觉得似乎遇见了另一个自己。

　　于是，我的家里不知不觉聚集了许多许多椭圆形和鸡蛋形的东西。大部分都是我无意中挑选出来的，就像捡石头一样。

旅 鼠

中 村 好 文 的 欢 快 生 活

住 在 建 筑 师 的 家 里

　　美国建筑师查尔斯·穆尔（Charles Willard Moore）曾
经说过："感受伟大建筑最好的方法就是在那栋建筑里醒
来。"查尔斯·穆尔就是那位因周末住宅——"西兰奇共管
公寓"（Sea Ranch Condominium）而名噪一时的建筑师。

　　我考入大学的那一年，从《都市住宅》这本建筑杂志
上知道了这座建筑物，当时我仿佛感受到了命运的邂逅，
除了深刻的共鸣之外，这座建筑还对我的创作产生了不可
估量的影响。如今想来，自己当年是患上了"西兰奇热"
这种病。不过，大约 15 年前，这股热潮曾经复活过一次。
因为我从朋友那里听到了一个消息："据说查尔斯·穆尔的

旅 鼠

中 村 好 文 的 欢 快 生 活

西兰奇共管公寓可以住宿了。"于是，我赶紧打电话预定了房间，又约上两位友人，从旧金山开车北上 3 个小时，终于抵达了西兰奇共管公寓。

西兰奇共管公寓是由 10 户别墅组成的集体住宅，其中的一处是建筑师查尔斯·穆尔自己的别墅。穆尔先生在 1993 年去世之后，他住过的"穆尔公寓"就以他生前居住时候的状态向外租赁了。建筑师自己的家，是集中体现建筑师本人的才华、品位和兴趣的地方。为了能"在伟大的建筑里醒来，感受它的伟大之处"，我后来又去"穆尔公寓"住了 3 次。

旅 鼠
中 村 好 文 的 欢 快 生 活

倾 听 笑 声 的 颜 色

开始听落语[1]是在小学低年级时。不过，因为那个时候我所在的海边小镇并没有寄席[2]，所以我只能抱着收音机听，边听边傻笑。我的少年时代就是这样度过的。

后来，我来到都市生活，终于能够去寄席听现场版的落语了。可是，我喜欢的落语家大都故去了，所以终究也没能养成去寄席听落语的习惯，反倒是听 CD（以前是听

---

1 落语，日本的一种传统表演艺术。与中国传统的相声有类似之处，不过落语历史远早于中国相声，演出者通常只有一人。
2 寄席，听落语的小剧场。

旅 鼠
中村好文的欢快生活

LP 黑胶唱片、或是盒式磁带）听得多，可以重复听自己喜欢的落语家说的段子。其中，我最喜欢听的是录制于昭和30 年代的古今亭志生和三游亭圆生的古典落语。也许在我的少年时代，我曾经在收音机里听过这些大师们的实况演出，因为听惯了他们的风格，便无法从他们的世界里走出来。

不过，也不知是不是因为听的次数太多了，最近我突然发现自己听落语的方式很奇怪。我会一边听落语段子，一边听当时坐在寄席里的男女老少发出的笑声。每当笑声响起，或是在笑声与笑声的间隙，我都会竖起耳朵仔细辨认每一种笑声和笑法。有偷笑、高声大笑、忍不住喷出来的笑。而且，听着听着，我也会情不自禁地被带着笑起来——或爆笑，或娇笑，或朗笑……

有一个词叫"声色"[1]。各式各样笑声的"色彩"混杂、重叠在一起时的样子，就仿佛在欣赏一幅名叫"寄席"的印象派点彩画。

在那些笑声中，我仿佛听见了年少的我那毫不输给大人的"仰天大笑"。

1　声色，声音所表达出的个性与情绪。

旅 鼠

中 村 好 文 的 欢 快 生 活

欧 蕾 咖 啡 杯

学生时代，钱包里总是空空如也，但却有大把大把可以自由支配的时间。那些用不完的时间，大部分都被我消耗在了东京都内一家家放映经典电影的电影院的破旧的座椅上——那个时候还是有不少这种电影院的，看着影片中那些遥远而陌生的城市风景，关注着那些拥有不同颜色的眼睛和头发的人们的心情和风俗习惯。

《过江龙》（*La Veuve Couderc*）这部电影也是在那个时候看的。

阿兰·德龙（Alain Delon）扮演了一个落魄的逃亡者，茜蒙·仙诺（Simone Signoret）则饰演了一个把他藏匿

旅 鼠
中 村 好 文 的 欢 快 生 活

起来的乡村寡妇。对了，电影里好像还有一个名叫奥塔维亚·皮科洛（Ottavia Piccolo）的年轻意大利女演员出场，本人就像她的名字一样娇嫩欲滴、妖媚诱人。

书归正传。电影中有一幕情景我一直记忆犹新。阿兰·德龙和茜蒙·仙诺在农家的简陋食堂里面对面坐着共进早餐。吃的也相当简单，只有两样食物——看上去硬邦邦的面包（故事发生在法国乡村，所以他们吃的可算是真正的法式乡村面包了）和欧蕾咖啡。欧蕾咖啡的杯子没有把手，像是那种小型的盖饭碗。杯子那圆润柔软的造型十分合我的心意，不过更令我心动的是阿兰·德龙端杯子的动作——他张开拇指和中指夹住杯子，然后用食指钩住杯子内壁，这样就形成了一种巧妙的平衡，再将咖啡送入口中。

后来，岁月流转，许多年后的某一天，我忽然心血来潮，想要给自己做一个没有把手的欧蕾咖啡杯。事不宜迟，我立刻打电话给多治见的陶艺家安藤雅信先生，和他商量这件事。没想到他一口答应下来，并说："只要有简单的设计图纸，我就能给你做。"就这样，那通电话之后又过了两个月，一只白瓷欧蕾咖啡杯送到了我的手中。

　　我赶紧学着阿兰·德龙的样子，将手肘撑在桌子上，用我憧憬已久的那个姿势端着咖啡杯喝起了咖啡。

旅 鼠
中 村 好 文 的 欢 快 生 活

住 宿 公 寓 式 酒 店

　　几年前，我去海外旅行的时候，总会尽量住在那种带厨房的公寓式酒店里。虽说那种客房很少的、舒适的家庭旅馆也令我难以割舍，可是一日三餐顿顿都要在外面吃，无论是在心情上还是饮食上多少都有些负担。而且，我本来就喜欢在旅行地逛菜市场，在菜市场上买来各种当地特有的食材，自己做些简单的饭菜。

　　有一句话说得好：“吃饭睡觉的地方，就是住的地方。”不管做不做饭，有厨房的住宅总是弥漫着一种生活气息和安全感。换句话说就是“屋子升华成了家”，这样说或许大家就能领会其中的深意了吧。说的再简单些，就是可以感

旅鼠
中村好文的欢快生活

受到"屋子里有人生活的气息"。在这里,我还想再补充一句,那就是"这种生活的感觉"会从房间里自然而然地延伸至街上。于是,你在旅行地的这段时间,哪怕是短短的几天,就不仅仅是"逗留",而是变成了"生活"。如此一来,你就会以一个当地住民的视角和生活感来观察和感受这座城市,而不再是一个旅人。偶然造访的城市会一下子变得亲切无比,而旅行本身也会多了几许令人玩味的不同意境和价值。

刚才我写过"饮食生活上也会有些负担",其实我在欧洲旅行时,饮食中很容易缺乏蔬菜。平时,我喜欢在早上吃蒸的蔬菜,所以旅行的时候也想着尽量能在当地的菜市场买来新鲜的蔬菜蒸了做早餐吃。可是,即便是带有厨房的旅馆,普通的锅碗瓢盆倒是齐备的,可要说到蒸锅,却是很难看见。于是,我想出了一个办法:旅行时,随身携带一块能盖住大锅的麻布(蚊帐布)和一根绳子。用这块麻布和绳子(使用方法还是颇费了一番脑子),就可以制作出一个简易蒸锅,就能在旅行地吃上美味的蒸蔬菜了。

书归正传。接下来给大家介绍一下我最近住过的佛罗伦萨的一家公寓式酒店。这家酒店位于佛罗伦萨市中心的领主广场(Piazza della Signoria)对面的宫殿里。这座地处黄金地段的宫殿内部共有四座不同类型的公寓，这次我选择的是复式建筑类型的房间。三分之一朝南的房间都被打通了，安装了两扇大大的玻璃窗，采光非常好。那种明亮又开放的格局甚合我心意。顺着螺旋状楼梯来到更靠近屋顶的房间（LOFT），这里被设计成卧室。这是一处稍显昏暗的、可以让人静下心来的空间，恰好与刚才的明亮开放形成对比，住客也可以好好享受这一明一暗两处空间带来的不同居住体验。在原本有两层楼高的屋子里架上铁架充当房梁，在房梁之上铺上地板作为隔断，这样就改造出了一间阁楼卧室。

这间公寓的看点之一，就是古老的铸铁柱子以及有着美丽镂空雕刻纹样的铸铁螺旋状楼梯。铸铁这一充满古典风情的材质成了简朴室内的点睛之笔，令整个空间顿时有了紧张感，是营造整个公寓个性和魅力的决定性因素。

这家旅馆的卫浴还有一个极大的亮点。虽说洗脸池、卫生间和浴室的条件与房间相比稍显寒酸，不过从淋浴间的窗户正好可以看到佛罗伦萨的象征——圣母百花大教堂（Cattedrale di Santa Maria del Fiore）。当你望向窗户时，可以看到圣母百花大教堂像一幅画一样镶嵌在墙上。我选择酒店的一个重要标准就是"风景要好"，从这个角度来说，

旅鼠
中村好文的欢快生活

这家旅馆的风景毫无疑问可以被评为"五星级"了。能够与这样绝佳的景色"赤身"相对，可以说是"旅行者的专属福利"了。

我住过各式各样的旅馆，不过，也只有这家旅馆让我觉得：哪怕只是为了在旅馆里冲个澡，也绝对值得一住。

旅 鼠

中 村 好 文 的 欢 快 生 活

座 右 "师"

　　多年前，我从乡下的高中毕业，考入美术学院，顿时被大学图书馆里海量的藏书惊呆了。敞开式书架上密密麻麻地摆满了日文和外文的雕刻、工艺、设计、建筑等方面的书籍，对于自小热爱读书、正在如饥似渴地吸取这类知识的我来说，这里简直就是"天堂"。从书架上一本一本抽出自己感兴趣的书随意地翻阅，哪怕只是浏览书脊上的书名，转眼就可以消磨掉好几个小时的幸福时光。

　　有一天，我随意从书架上抽出一本书来，邂逅了震教徒（Shakers）设计的家具。

　　那本书的书名叫"夏克式家具"（*Shaker Furniture*），内

旅 鼠

中 村 好 文 的 欢 快 生 活

容是用具有时代感的黑白照片来解说震教徒的家具设计理念。书的装帧设计十分简单质朴，在众多装帧豪华的外文图书中尤显低调朴素。然而，我却被书中家具和房间的图片深深地吸引了，不知不觉就看入了迷。其中有一张细高优雅的桌子的照片令我格外着迷——三根新月形桌腿组成的底座支撑起一根细长的圆形支柱，上面是圆形桌面。看解说写的是"圆形支架"（Round Stand），其实是一张用来放置蜡烛的烛台。不过，这些于我而言都已经不重要了。我只想好好学习这张桌子所体现出来的清廉、清爽、静谧和高洁的设计精神。那一刻，我暗下决心：要将这张桌子当作自己在家具设计方面的"老师"。我和它相遇之后，又过了20多年，我拜托一位家具制作匠人做了一张一模一样的桌子。

　　现在，这位"老师"就伫立在我家客厅的一角。在"老师"无言的注视下，我每天都在餐桌上思考新的家具的设计创意，画设计图，并时刻提醒自己不忘初心。

旅 鼠

中 村 好 文 的 欢 快 生 活

白色无纹陶瓷器

　　我喜欢陶瓷器。

　　确切地说，是喜欢没有任何图案的白色陶瓷器。只要是白色的陶瓷，我可以不问出身、不分贵贱、不论用途。若是眼前放着一件这样的器物，我就会情不自禁地盯着看起来，看着看着就想拿在手里把玩。那纯洁的白色会令我内心一颤，瞳孔里甚至会闪烁着红色的"小心心"。

　　所以，无论是家还是工作室，放眼望去，全是白色瓷器的大集合。今天，我就从我的白瓷大军中挑几件最中意的"心头好"介绍给大家。

　　第一件是我平时使用的餐具，也是出场次数最多的一

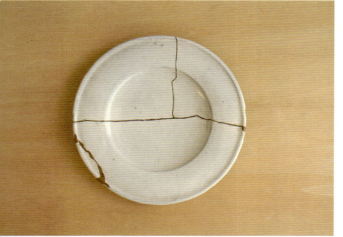

旅　鼠

中 村 好 文 的 欢 快 生 活

件——韦奇伍德[1]的骨瓷餐盘。说是白色，却不是那种惨白色，而是柔和吸光的象牙白。也许是原料中的骨粉创造了这种神奇的色调吧，不仅颜色好，造型也好。那是一种拒绝了一切装饰的简洁之极的形状，仿佛在说："盘子就应该是这种形状，有且只有这种形状。"整个餐盘给人的印象就像是年轻修女洗完后晾晒在院子里的白色衣服。

接下来要介绍的是荞麦面酱汁小碗和欧蕾咖啡杯。这两件物品都是我设计的，制作者则是多治见的画廊"百草"的主人——雕刻家、陶艺家安藤雅信先生。荞麦面酱汁小碗完全复制了古伊万里的荞麦面酱汁小碗。对于后者，我可以说是一见钟情，买来之后就一直使用，爱不释手。而且，这个小碗不仅可以用来蘸酱汁吃荞麦面，还非常适合盛啤酒，和红酒也很配，若是装上冰镇的日本酒（不知为何都是酒呢）也十分美味，几乎是一个万能的餐具了。当然，盛绿茶也非常合适。

多年来，我对于斜切棱形状的物体有着近乎执着的热

---

1 韦奇伍德（Wedgwood），一家英国陶瓷公司，由乔赛亚·韦奇伍德（Josiah Wedgwood）在 1752 年创立。韦奇伍德陶瓷品质高贵、质地细腻、风格简练，极富艺术性，是世界精美瓷器的代名词。

爱，欧蕾咖啡杯就是这种执着下的产物。咖啡杯做成之后，我惊喜地发现，它还可以作为小型盖饭碗来使用。

接下来我们来谈一谈另一个话题。众所周知，陶瓷器具很容易摔碎。不管使用的人如何小心，总会有"一不小心"的时候，于是有形的东西就会变成无形的东西，渐渐消失。虽然终归会消失，可那种心疼的感觉也终归是抹不去的。所以，我就总想着要想办法把它修好。事实上，确实有陶瓷修复这样一项令人尊敬的工作。我曾经因为迷上了美丽的修复线条而在目白的旧器具店"坂田"买过一件17 世纪的代尔夫特陶瓷盘。看着白色底色上自由游走的暗金色线条，自己就好像在欣赏一幅抽象画名作。如果将修复的金线看作是一种纹样的话，看上去似乎和我所说的"喜欢白色无纹的陶瓷器"这句话相矛盾了。不过在我看来，裂纹处的金线实际上更加衬托出了白色的纯洁，突出了白色的存在感。

读 书 的 场 所

　　最近，我为某项展览会设计了一所一居室的小房子。

　　这所房子横宽 3 米，纵深 4 米，约有 7.4 个榻榻米大小。在意境上追求的是鸭长明"方丈庵"现代版那样的终极住宅。在展会上展出时，我给这座房子的定位是人类的"最终归宿"。既然是终极住宅，那么房子里的各种物件也应该是"终极"的物品。

　　从桌子、椅子、床等家具到厨房用品、餐具、衣服、寝具、生活杂货等，每想到一个物品，我都要抱起双臂，盯着天花板思考半天，经过这样一个漫长的过程之后，总算是把大部分物品都选好了。可是，到最后却卡在了"书"

旅 鼠
中 村 好 文 的 欢 快 生 活

这个选项上。毕竟这是一间很小的房子，无法存放大量的书。可是，对我而言，没有书的生活和没有音乐的生活都是无法想象的。于是，我便蹲在家里和工作室的书架前，仔仔细细挑选了一番，最后选出了终极的"100本书'，将它们摆在了小屋里名副其实的"书架"（其实就是架在墙上的一块木板）上。然后，我端详着刚好收在书架上的100本书，发现了一个有趣的事实。

选出来的100本书，每一本都是我长年放在身边、重复阅读过许多遍爱不释手的读物。其中半数左右的书籍，我都清楚地记得第一次读它们的地点和情形。

比如，所选书目中年月最久的是堀江谦一（堀江謙一）的《一个人的太平洋》（太平洋ひとりぼっち），这本书是我14岁那年（也就是50年前）在故乡千叶县九十九里滨家里的挖掘式被炉里读的。在被炉的对面，母亲用编织机"吱嘎吱嘎"地织着毛衣。编织机发出的有节奏的声响和振动正好和我读书的节奏相吻合，就像是在为我伴奏。《三人同舟》这部幽默小说则是我高考复读期间在安静的国会图书馆拼命忍着笑读完的。吉田秀和的《幻想和弦》（調和の幻想）则是在长野县御代田的朋友别墅中大大的壁炉前，一边拨弄着炉火一边读完的。此外，还有最近刚读的松家仁之的《在火山下》（火山のふもとで），是在巴厘岛海滩边的凉亭中一边吹着海风一边读完的。在我的记忆中，读过的书和读书的场所是一并记下来的。

这篇文章所配的图片，是我在思考读者和读书场所的关系时，设计出来的半空中读书的专用长椅。这个设计灵感来自于少年时代在树上读书的体验。

在一家贩卖新旧物品的杂货店，我邂逅了那条英国教堂用过的古旧长凳。

那条凳子其实是非卖品，是店铺用来摆放商品的台子。可是我却对它一见钟情，只看了一眼就再也挪不开脚步。与其说是"心生敬佩"，倒不如说是"被偷袭了"。首先是那又窄又长的坐凳面，长度超过了 2 米，相比之下，宽度就更显狭窄，就像切下来的碎木板。接着就是支撑坐凳面的梯形木板和有着优美曲线的托座。

长凳的宽度并没有固定的要求，只要不妨碍其功能性，无论多窄都没关系。不过，这条长凳的"狭窄程度"成功

旅 鼠
中 村 好 文 的 欢 快 生 活

颠覆了我的固有观念。于是我立刻拿出卷尺量了量，得知长凳的长度是 195 毫米，厚度是 25 毫米。

虽说多窄都没关系，但这样的窄幅竟然能给人以美感，这让我惊叹不已。而支撑坐凳的优美的倒梯形凳子腿则更加衬托出了坐凳宽度的狭窄。最后是底座，这里也是不可错过的一大亮点，横向扩张的扁平梯形底座令细长狭窄的长凳更加稳固，更显秀丽洒脱。无论是设计的理论、结构还是形态上的逻辑都是讲得通的，几乎没有可以指责的地方，堪称完美。对于设计家具的人来讲，再也没有比前人的优秀作品更好的教材了。幸运的是，这家店的女主人是我的一位好友，在我再三恳求之下，她将这个长凳"让给了我"。

仔细看一下的话，就会发现这部穿越时空的"教科书"里隐藏着两个课题等待后辈的家具设计师（我）来解决。这部教科书的"可恨之处"在于，它不会让你只停留在"佩服和感动"的阶段，而是会促使你进一步思考。

这个课题就是，找出这个长凳"构造上的缺陷"和"形状上暧昧的部分"，在不损害物品本身原有魅力的前提下对其进行改良。因为这个狭长凳子的坐面部分就是一块薄薄的木板，所以人一坐上去自然会变弯，两根凳子腿也会向左右打开呈"外八字"形。如果很多人同时坐下去，弯曲的弧度会变更大，不禁令人担心坐凳会不会从中间折断。对于长凳来说，这算是一个构造上的致命缺陷了。因此，当务之急是先解决掉这个问题。再就是坐凳的四个角。目前看起来，这四个角是随意切出来的，并非为这个长凳"量身定制"。这部分也需要进行改良，改造成适合这个凳子的独一无二的形状。

于是，我便尝试着用自己的方式解决了这两个课题。

此外，这个虽然不算是课题——不过我觉得这条凳子应该有一个名字，便给它取了个名：PERCH BENCH。PERCH 的意思是"栖木"。我觉得这是一个名副其实的爱称，诸位觉得如何呢？

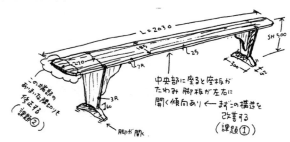

（课题1）坐在凳子中央时，木板会变弯，凳子腿会向左右两侧打开。首先解决这个问题。
（课题2）凳子的棱角切割得十分随意，这一点也需要改善。

旅鼠
中村好文的欢快生活

毁誉参半的手

　　修长的手指，关节突出、瘦骨嶙峋。手背仿佛用旧的马粪纸一样，满是龟裂。

　　有一次，我的一位朋友很稀罕地看着我的这双手，忽然嘟囔了一句：

　　"感觉很像我爷爷的手呢。"

　　我怯生生地把那双"爷爷的手"从朋友面前抽了回来。这件事发生在小学三年级的寒假。自那以后，我就一直对自己的手怀有一种自卑感。

　　那之后又过了 25 年，我获得了与《木工工具的历史》（大工道具の歴史）的作者村松贞次郎（村松貞次郎）对

旅 鼠
中 村 好 文 的 欢 快 生 活

谈的机会。村松先生甫一与我见面就盯着我的手端详起来，然后用他那低沉沙哑的嗓音对我说了一句话，将我累积多年的自卑感一扫而光。他说：

"你这双手，是名副其实的匠人之手啊！做建筑师太可惜了。真是一双好手啊！"

旅 鼠
中 村 好 文 的 欢 快 生 活

NEKO DORI

1981 年 3 月，我 第 一 次 拜 访 马 克 斯 · 胡 贝（Max Huber）夫妇位于山村的住宅。

彼时，瑞士南部的这个小山村早已被温暖的早春阳光所包围。夫妇二人的住宅是从当地一所古旧民居改造而来的，房屋正面有一条由拳头大小的石头铺成的石子路，那里的阳光非常好，所以胡贝家猫咪和附近的猫咪都喜欢聚集在这里晒太阳。一抬头，可以看见小路上有一块牌子写着：NEKO DORI。因为我和妻子是专门从日本赶过来的，所以马克斯事先给我们准备了一个"小礼物"。"NEKO

旅 鼠
中 村 好 文 的 欢 快 生 活

DORI"（猫取り，捉猫猫）变成了"猫通り"（NEKO DOORI, 猫路）。

"败给你了！"当我说出这句话时，马克斯扑哧一声笑了出来，笑得很开心。

旅 鼠
中 村 好 文 的 欢 快 生 活

柚 木 砥 石 台

　　许多年前，我找人按照自己的想法定做了一个柚木材质的细长木板，用来放砥石（磨刀石）。用的时候把板子架在水槽上，再放上砥石进行打磨。柚木板的长度是根据水槽的纵深长度定做的，所以板子能够正好卡在水槽的边缘并牢牢地固定住。自从有了这个砥石台，我磨刀的效率飞速提高，磨刀也变成了一件愉快又充实的厨房工作。

　　之前，我磨刀的时候都是在菜板上铺上手巾，再把砥石放在手巾上进行打磨。然而，这种做法有一个缺点：砥石固定不稳，磨刀时无法将注意力集中在刀刃上。而且，

旅 鼠
中 村 好 文 的 欢 快 生 活

含有金属成分的黑乎乎的磨刀水不免会渗透进手巾，甚至菜板里，令人恶心。

在厨房里干活，其实是一个创意和努力不断累积的过程。制作这个柚木砥石台，让我再次意识到，制作一个趁手的用具也需要创意和努力。更重要的是，多年来郁积在心中的小小愤懑也烟消云散了。

旅 鼠
中 村 好 文 的 欢 快 生 活

想 要 带 去 旅 行 的 一 本 书

　　带哪本书去旅行，一直是让我头疼的一件事。如果是一本超级有趣的书，以至有趣到令人废寝忘食，那就会违背了旅行本来的意义：亲身感受旅行地的风光，眺望美丽的风景，关注当地人的生活。可要是拿一本超级无聊的书去旅行，那旅行就真变得超级无聊了。而那种能够让人很快就读进去又能够回味无穷的书，并不常有。

　　最近，我便是为此而烦恼不已。在书架上物色了许久，也没找到一本合心意的，无奈之下便将一本《俳句岁时记》（俳句歳時記）扔进了旅行包。

　　这本书按照季节变化分为几个大的主题，下面又细分

旅 鼠
中 村 好 文 的 欢 快 生 活

为时令、天文、地理、生活、节庆祭典、动物、植物。这种分类法简直是为旅行量身定制的，极大地引起了我的兴趣。仅仅是将异国的风物对照归类至各种季节主题之下，就能令想象力获得无限膨胀。如果再读上几句例文，就会感受到日本的气候风土和日本人特有的微妙情感——虽然此时自己身处国外。

或许，可以这样说，读一本书，会在你的旅行中创造出另一个旅行。

旅 鼠
中 村 好 文 的 欢 快 生 活

后　记

有一位女士评价我是"本格（honkaku，真正的）建筑师"。

这位女士是一位演员。她微笑着向我解释道："其实，最初我是想当一名真正的演员，可是不知不觉就成了一个本格女演员。"

可是我仍然不明白她话里的意思，于是便一脸迷茫地看着她。这次她则用一种恶作剧的眼神看着我，仿佛要点醒我一般说道：

"我现在是'写书'[1]的女演员，所以说是 Honkaku 女演

1　书写，本書く，动词短语，写书，日语读作"honkaku"，与本格一词读音相同。

员。中村先生您也爱写书，所以说是 Honkaku 建筑师啊。"

把我骗得团团转的这位女演员是檀芙美（檀ふみ）。这是十多年前我们一起参加一档脱口秀节目时发生的事。

仔细想来，其实我最初并没有想要成为"写书的建筑师"。过了 45 岁之后，不知为何，开始频繁有杂志向我约稿。既然有约稿，那就写写试试看吧！我就是抱着这样的心情开始写作的。我本来就爱唠叨，再加上好奇心强，所以总会有很多话想要讲给朋友听（说是强迫朋友听或许更准确）。我把平时唠叨的那些话搬到纸上，就成了随笔。

话说回来，这世上的确有奇特之人。大约两年前，每日新闻社的永田昌子女士读了我写的随笔之后对我说："您想不想试着在周日版连载 1 年的随笔呢？"本书的前 25 篇随笔就是响应她的这次约稿而创作的。

再后来，编辑金田麦子女士汇总了这 25 篇随笔以及我之前写的其他一些文章，策划并编辑了这本书。金田女士和平面设计师林里佳子女士用她们情同姐妹般的默契，最终做出了这本精美的随笔集。

俗话说：人靠衣装马靠鞍。正是望月通阳先生为这本书穿上了时髦的衣裳（封面），在此我也对他表示深深的感谢。

出　处　一　览

为生活之舟减负 _ 每日新闻连载 _《旅鼠：中村好文的欢快生活》_ 2011 年 4 月 3 日

丢失行李的教训 _ 每日新闻连载 _《旅鼠：中村好文的欢快生活》_ 2011 年 4 月 17 日

旅鼠，仓皇逃窜的 30 年 _ 每日新闻连载 _《旅鼠：中村好文的欢快生活》_ 2011 年 5 月 1 日

拭去厨房忧愁的用具 _ 每日新闻连载 _《旅鼠：中村好文的欢快生活》_ 2011 年 5 月 15 日

约翰房间里书架的高度 _ 每日新闻连载 _《旅鼠：中村好文的欢快生活》_ 2011 年 5 月 29 日

能够应对自然灾害的住宅 _ 每日新闻连载 _《旅鼠：中村好文的欢快生活》_ 2011 年 6 月 12 日

收据背面歌唱的云雀 _ 每日新闻连载 _《旅鼠：中村好文的欢快生活》_ 2011 年 6 月 26 日

开往石垣岛的巴士 _ 每日新闻连载 _《旅鼠：中村好文的欢快生活》_ 2011 年 7 月 10 日

夏天的声音，夏天的味道 _ 每日新闻连载 _《旅鼠：中村好文的欢快生活》_ 2011 年 7 月 24 日

玻璃皿中的蝉鸣 _ 每日新闻连载 _《旅鼠：中村好文的欢快生活》_ 2011 年 8 月 7 日

可以泡澡的幸福日子 _ 每日新闻连载 _《旅鼠：中村好文的欢快生活》_ 2011 年 8 月 21 日

给爱用的椅子更换皮革 _ 每日新闻连载 _《旅鼠：中村好文的欢快生活》_ 2011 年 9 月 4 日

十字架下烤出的面包 _ 每日新闻连载 _《旅鼠：中村好文的欢快生活》_ 2011 年 9 月 18 日

办公室午餐的乐趣 _ 每日新闻连载 _《旅鼠：中村好文的欢快生活》_ 2011 年 10 月 2 日

邮票中的旅人 _ 每日新闻连载 _《旅鼠：中村好文的欢快生活》_ 2011 年 10 月 16 日

转瞬即逝的贵族心情 _ 每日新闻连载 _《旅鼠：中村好文的欢快生活》_ 2011 年 10 月 30 日

直径 48 毫米的圆眼镜 _ 每日新闻连载 _《旅鼠：中村好文的欢快生活》_ 2011 年 11 月 13 日

北京之行 _ 每日新闻连载 _《旅鼠：中村好文的欢快生活》_ 2011 年 11 月 27 日

铜板里飘落的雪 _ 每日新闻连载 _《旅鼠：中村好文的欢快生活》_ 2011 年 12 月 11 日

建筑师的专属福利——烧洗澡水 _ 每日新闻连载 _《旅鼠：中村好文的欢快生活》_ 2012 年 1 月 8 日

海边的回廊 _ 每日新闻连载 _《旅鼠：中村好文的欢快生活》_ 2012 年 1 月 22 日

急出一头汗的语文考试 _ 每日新闻连载 _《旅鼠：中村好文的欢快生活》_ 2012 年 2 月 5 日

大提琴家的名字 _ 每日新闻连载 _《旅鼠：中村好文的欢快生活》_ 2012 年 2 月 19 日

小屋里自给自足的独居生活 _ 每日新闻连载 _《旅鼠：中村好文的欢快生活》_ 2012 年 3 月 4 日

去和洗的衣服约个会 _ 每日新闻连载 _《旅鼠：中村好文的欢快生活》_ 2012 年 3 月 18 日

曬嗒、撒咔、空那、撒咔 _ *Blue Signal* _ 2009 年 7 月 _ vol.125

"啊呀呀，一路辛苦了！" _ *Mrs* _ 2009 年 7 月

花甲之年的纸坎肩儿 _《艺术新潮》_ 2009 年 3 月

住在村里 _ *Casa Brutus* _ 2012 年 5 月

椭圆形和鸡蛋形 _《妇人之友》_ 2004 年 4 月

旅 鼠
中 村 好 文 的 欢 快 生 活

住在建筑师的家里 _ *Casa Brutus* _ 2012 年 5 月

倾听笑声的颜色 _《艺术新潮》_ 2007 年 11 月

欧蕾咖啡杯 _《建筑师的风格手册》_ 2004 年 6 月

住宿公寓式酒店 _ *Casa Brutus* _ 2012 年 5 月

座右"师" _《牛角面包》_ 2005 年 662 期

白色无纹陶瓷器 _ 季刊 _《陶瓷郎》_ 42 期

读书的场所 _《家庭画报》_ 2013 年 9 月

PERCH BENCH——超越时空的课题 _《想要的东西》(Rutles 出版社) _ 2006 年 2 月

毁誉参半的手 _ 季刊 _《银花》_ 2004 年冬 140 期

NEKO DORI _ 马克斯·胡贝展目录 _ 2009 年 2 月

柚木砥石台 _《妇人之友》_ 2008 年 7 月

想要带去旅行的一本书 _ *Mrs* _ 2006 年 7 月